L'heure du dragon

Texte : Nancy Montour
Illustrations : Benoît Laverdière

Pour qu'il y ait du bonheur
à toutes les heures !
Nancy

À tous mes petits amis
qui aiment les dragons...
Benoît

Le raton laveur

Catalogage avant publication de Bibliothèque et Archives nationales du Québec
et Bibliothèque et Archives Canada

Montour, Nancy

L'heure du dragon

(Le raton laveur)
Pour enfants de 3 à 6 ans.

ISBN 978-2-89579-186-7

I. Laverdière, B. (Benoît). II. Titre. III. Collection: Raton laveur (Bayard (Firme)).

PS8576.O528H48 2008   jC843'.6   C2008-940032-1
PS9576.O528H48 2008

Nous reconnaissons l'aide financière du gouvernement du Canada par l'entremise du Programme d'aide
au développement de l'industrie de l'édition (PADIÉ) pour nos activités d'édition.

 Conseil des Arts   Canada Council
du Canada   for the Arts

Bayard Canada Livres Inc. remercie le Conseil des Arts du Canada du soutien accordé
à son programme d'édition dans le cadre du Programme des subventions globales aux éditeurs.
Cet ouvrage a été publié avec le soutien de la SODEC.
Gouvernement du Québec – Programme de crédit d'impôt pour l'édition de livres – Gestion SODEC.

Dépôt légal – 1e trimestre 2008
Bibliothèque nationale du Québec
Bibliothèque nationale du Canada

Direction : Caroline Merola
Graphisme : Mathilde Hébert
Révision : Mireille Leduc

www.ratonlaveur.ca

Sur le site Internet :

Fiches d'activités
pédagogiques
en lien avec tous les albums
des collections Le raton laveur
et Petit monde vivant

Fiches d'auteurs et
d'illustrateurs

Catalogue complet

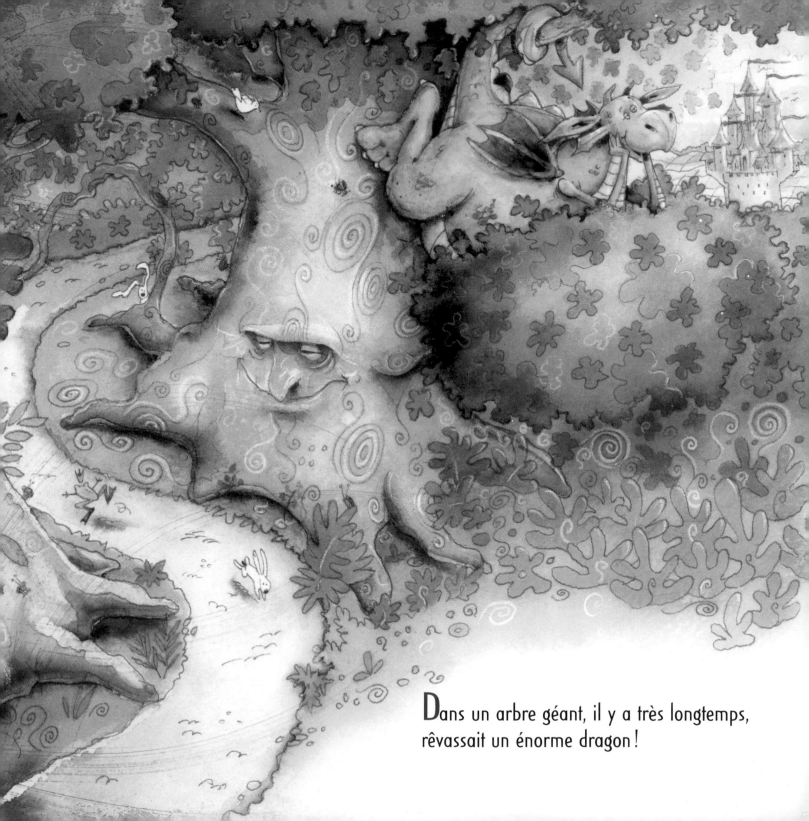

Dans un arbre géant, il y a très longtemps,
rêvassait un énorme dragon !

Confortablement installé dans le feuillage de son arbre préféré,
Pinoche venait à peine de fermer les yeux lorsqu'un bruit soudain
le fit sursauter.

Un somptueux carrosse, tiré
par huit chevaux costauds,
traversait la forêt à vive allure.
Le dragon était furieux.
Qui osait le déranger
ainsi à l'heure de sa sieste ?

Pinoche sauta au pied
de l'arbre géant, bien décidé
à effrayer ces voleurs
de tranquillité.

Soudain, le carrosse s'immobilisa
au milieu d'un gigantesque nuage de poussière.
Le dragon se mit à éternuer. Il se frotta
les yeux, surpris de voir apparaître
devant lui une reine et son roi.
Ce dernier demanda :
  – Vous n'avez pas l'air content,
monsieur le dragon. Êtes-vous fâché ?
  – Euh... hésita Pinoche. Juste un peu.
  – Il est parfait ! s'exclama la reine.
  ABSOLUMENT PARFAIT !
  – Il n'a pas l'air assez sévère !
répliqua le roi.

– Monsieur le dragon, déclara la reine, nous avons deux enfants turbulents qui n'ont pas été invités au grand bal de ce soir. Si vous acceptez de les garder, vous recevrez une généreuse récompense.

Une délicieuse récompense ! Le dragon se pourléchait déjà les babines. Il avait entendu parler de ces merveilleuses confitures que les rois tartinent sur du pain grillé...

C'est ainsi que Pinoche le dragon poussa
pour la première fois la lourde porte d'un château.
   – La grande horloge vous indiquera l'heure du dodo,
   lança la reine juste avant que l'attelage ne parte au galop.

À pas de dragon, Pinoche entra dans la grande
salle du château.

« À quoi peut bien ressembler
une horloge ? » se demandait-il.

Il reçut alors en plein visage une savoureuse
boule de crème glacée.

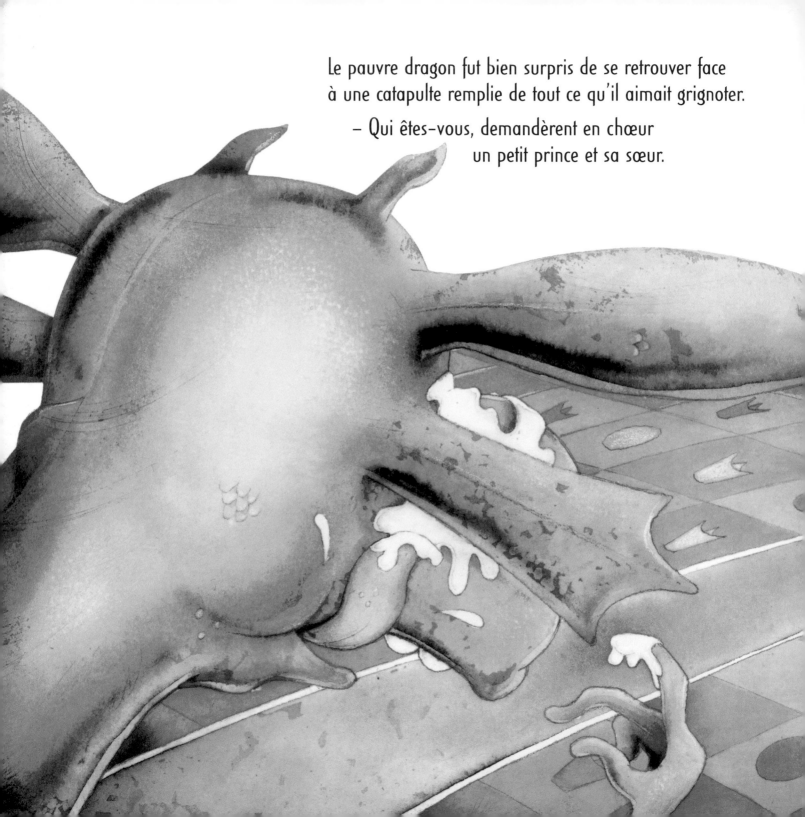

Le pauvre dragon fut bien surpris de se retrouver face
à une catapulte remplie de tout ce qu'il aimait grignoter.

– Qui êtes-vous, demandèrent en chœur
un petit prince et sa sœur.

« Quel accueil exquis, se dit le dragon. Ces enfants sont vraiment charmants ! »
    – Je suis Pinoche, le dragon et je viens vous garder.

Soudain, plusieurs grands DONG ! résonnèrent
dans tout le château.

– Est-ce que c'est l'horloge ? demanda le dragon.

– Évidemment, répondirent les enfants.

– Et ça indique l'heure du dodo ?

– Ça indique toutes les heures ! Mais, pour le moment, c'est l'heure de jouer ! improvisa le petit prince.

C'est ainsi que Pinoche, le dragon, se lança à la poursuite des enfants. Soudain il posa le pied sur quelque chose de mou. Pinoche tomba et le château trembla. Le dragon n'était pas content.

– Au secours! criait la princesse.

Pinoche se releva à la hâte. Il fit deux pas et glissa à nouveau. Le château trembla, encore une fois. C'était un jeu très amusant, POUR LES ENFANTS!

Un autre DONG résonna dans tout le château.
Pinoche arriva le premier au pied de la grande horloge.

– C'est l'heure du dodo ? demanda
le dragon.
– Non, c'est l'heure de la danse !
annonça la princesse.

– L'heure de la danse ? s'étonna le dragon.
– Dans les châteaux, c'est toujours comme ça !
Ce n'est pas comme ça, chez toi ?

Alors, au son mélodieux des casseroles et des trompettes,
la danse commença. C'était très amusant, POUR LES ENFANTS !

Plusieurs autres DONG résonnèrent dans tout le château.
Il y en avait tellement que Pinoche n'avait pas réussi à tous les compter.
    – C'est l'heure du dodo ? demanda le dragon.
    – Non, c'est l'heure du bain ! répondit le petit prince.

Il y eut bientôt tellement d'eau et de mousse partout que Pinoche
se demanda s'il faudrait un bateau pour naviguer
dans le château. Mais c'était si amusant,
POUR LES ENFANTS !

Enfin un autre DONG résonna dans le château.
  – Que se passe-t-il ? s'informa le dragon.
  – Ah ! C'est l'heure de l'histoire, lui expliquèrent
les enfants.

Lorsque le petit prince et la petite princesse eurent
enfin terminé d'aménager la chambre, Pinoche
leur raconta l'histoire d'une grenouille tellement
fatiguée d'avoir sauté qu'elle s'était paisiblement
endormie, accrochée à un quartier de lune.

– Est-ce qu'elle sautait haut comme ça,
la grenouille de ton histoire ? demanda alors
le petit prince en s'exécutant.
– Non, bien plus haut, lui répondit sa sœur.
Haut comme ça !
– Non encore plus haut ! répliqua son frère.

Les enfants-kangourous bondissaient partout !
Pinoche n'avait jamais été aussi fatigué.

    – C'est sûrement l'heure de dormir
maintenant, affirma le dragon.

    – Tu en es bien certain ? demanda
la princesse. Il faut aller vérifier.
Tu sais, notre maman respecte toujours
l'heure du dodo.

Pinoche, le prince et la princesse marchèrent jusqu'au pied de la grande horloge. Toute une surprise les y attendait car il n'y avait plus la moindre aiguille !

– Ah ! s'exclama Pinoche, devant l'air ahuri des enfants. C'est maintenant l'heure du dragon !

À n'en pas douter,
c'était bien l'heure du dragon !